AF358091

CATALOGUE

DES

TABLEAUX MODERNES

COMPOSANT LA

COLLECTION DE M. D***

DONT LA VENTE AURA LIEU

HOTEL DROUOT, SALLE N° 8,

Le Mercredi 23 Mars 1881,

A DEUX HEURES.

———— >>>≫≪<<— ————

COMMISSAIRE-PRISEUR	EXPERT
Mᵉ **CHARLES PILLET**	**M. GEORGES PETIT**
10, rue de la Grange-Batelière.	7, rue Saint-Georges.

Chez lesquels se trouve le Catalogue.

———— ‹›≫≪‹‹— ————

EXPOSITION PUBLIQUE, le Mardi 22 Mars 1881,

De une heure à cinq heures.

CONDITIONS DE LA VENTE

Elle sera faite au comptant.

Les adjudicataires payeront *cinq pour cent* en sus des enchères.

Paris. — Typ. PⁱLLET et DUMOULIN, 5, rue des Grands-Augustins.

DÉSIGNATION

BARYE

1 — Roches en forêt.

Haut., 20 cent. ; larg., 38 cent.

BEAUMONT (E. DE)

2 — Une Grisette.

Dessin.

BENOUVILLE

3 — Paysage.

Haut., 1 m. 18 cent.; larg., 1 m. 75 cent.

BROWN (J. L.)

4 — Cavalier.

Haut., 15 cent.; larg., 11 cent.

BODOY

255
300

4 *bis*. — Rendez-vous de chasse.

BONNAT

2,000
5,000

5 — Italienne.

CACY (GEORGES)

13
30

6 — Le Flûtiste.

Aquarelle.

CALS

38
60

7 — Le Chemin du village.

Haut., 17 cent.; larg., 33 cent.

CLAIRIN

860
1500

8 — Bains turcs.

COROT

2,100
2,500

9 — Le Chemin du village.

Haut., 26 cent.; larg., 36 cent.

500
700

S.R. par Dils une femme un torse et légumes

755
1000

S.R. par Robert-Fleury homme en pantalon rouge

COUDER

10 -- Légumes.

        Haut., 14 cent.; larg., 18 cent.

COUDER

11 — Fleurs et fruits.

        Haut., 14 cent.; larg., 18 cent.

DAUBIGNY

12 — Bords de l'Oise.

        Haut., 40 cent.; larg., 66 cent.

DECAMPS (attribué à)

13 — Une Bataille.

    Dessin.

DELACROIX

14 — Etudes de tigres.

    Dessins rehaussés.

DIAZ

15 — Etude de bois.

Haut., 31 cent.; larg., 42 cent.

DREUX (ALFRED DE).

15 *bis.* — Esquisse du portrait équestre de S. A. R. Mgr le duc d'Orléans.

DRION (LOUIS)

16 — La Marchande de fleurs.

Haut., 59 cent.; larg., 40 cent.

DUBASTY

17 — Le Peintre.

Haut., 45 cent.; larg., 38 cent.

DUPRÉ (JULES)

18 — Barque de pêche en pleine mer.

Des nuages sombres roulent dans le ciel et annoncent l'orage; une petite barque de pêche, les voiles gonflées, gagne le large.

Haut., 26 cent.; larg., 36 cent.

DUPRÉ (VICTOR)

19 — L'Entrée du village.

Haut., 27 cent.; larg., 35 cent.

FAIVRE (TONY)

20 — Fleurs.

FROMENTIN

21 — Les Voleurs de nuit.

Haut., 1 m.; larg., 1 m. 65 cent.

FROMENTIN

22 — Les Laveuses.

Haut., 40 cent.; larg., 27 cent.

FROMENTIN

23 — Un Portefaix.

Dessin.

FROMENTIN

10   24 — La Fantasia.
25

Dessin.

FROMENTIN

67   25 — Arabes en voyage.
60   La Halte.

Dessins.

FROMENTIN

6   26 — Arabe.
20

Fusain.

FROMENTIN

11   27 — Étude d'Arabes.
30

Dessin à la plume.

FROMENTIN

16   28 — Études d'Arabes.
40

Dessin.

FROMENTIN

29 — La Chasse au faucon.

Dessin.

FROMENTIN

30 — Étude d'Arabes.

Dessin.

FROMENTIN

31 — Un Campement arabe.

Dessin.

FROMENTIN

32 — Études au crayon. Chameaux, buffles, chevaux.

GEGERFELDT

33 — Paysage.

Haut., 39 cent.; larg., 55 cent.

GÉROME

34 — Etude d'après nature.

Dessin.

GUDIN

35 — Marine avec plage.

Haut., 27 cent.; larg., 48 cent.

HÉREAU (j.)

36 — Chevaux au bord de la mer.

Haut., 51 cent.; larg., 72 cent.

HÉREAU (j.)

37 — L'Eglise du village.

Haut., 34 cent.; larg., 33 cent.

JONGKIND

38 — Vue de Paris en 1879.

Aquarelle.

LAZERGES (HIPPOLYTE)

39 — Baigneuse.

LEPAGE (BASTIEN)

40 — Paysage. Effet du matin.

Haut., 17 cent.; larg., 22 cent.

LECOMTE DU NOUY

41 — Le Charmeur.

Étude du tableau du Luxembourg.

Haut., 16 cent. ; larg., 21 cent.

OUVRIÉ (JUSTIN)

41 *Bis* — La Plage d'Étretat.

PAAL (L. DE)

42 — Paysage avec animaux.

Haut., 45 cent. ; larg., 64 cent.

PETTENKOFFEN

460

43 — **Paysan valaque se désaltérant.**

1,000

Haut., 29 cent. ; larg., 18 cent.

PILS

115

43 *Bis* **—** Chevreuil mort.

200

POITTEVIN (E. LE) (1835)

250

44 — **Le Marchand de chevaux.**

300

Haut., 24 cent.; larg., 32 cent.

REGNAULT (H.)

42

45 — Etudes de chiens.

40

Dessins.

F...ET

102

46 — Chaumières en forêt.

80

Haut., 20 cent.; larg., 27 cent.

RICHET

80

47 — Clairière en forêt.

100

Haut., 20 cent. ; larg., 27 cent.

RIÉSENER

48 — Tête de cheval.

ROUSSEAU (PH.)

49 — Marché aux poissons.

Haut., 23 cent.; larg., 33 cent.

ROUSSEAU (TH.)

50 — Paysage.
Sépia.

STOP

51 — Une Japonaise.
Aquarelle.

VERNIER (EM.)

52 — Bateau échoué sur la plage.

Haut., 39 cent.; larg., 60 cent.

VERREAUX (LOUIS)

53 — Fruits.

Haut., 18 cent. ; larg. 26 cent.

VERREAUX

54 — Nature morte.

Haut., 23 cent. ; larg. 46 cent.

ZIEM

55 — Vue de Venise.

Haut., 26 cent. ; larg., 43 cent.

56 — Sous ce numéro sont compris quelques tableaux, dessins et gravures non catalogués au nombre desquels une suite de dessins par CHAM.